가로수다방

강영오
姜榮五, KANG YOUNG OH
강원도 장성(태백)에서 태어나다. 장성초등학교, 태백중학교, 태백공업고
등학교를 마치다. 이후 서울에 올라와 고려대학교에서 공부하다. 졸업 후
주로 철강과 관련된 업무에 종사하다. 2017년 『포엠포엠』 여름호로 시단에
등단하다.
e77032@nate.com

황금알 시인선 295

가로수다방

초판발행일 | 2024년 9월 30일

지은이 | 강영오
펴낸곳 | 도서출판 황금알
펴낸이 | 金永馥
주간 | 김영탁
편집실장 | 조경숙
표지디자인 | 칼라박스
주소 | 03088 서울시 종로구 이화장2길 29-3, 104호(동숭동)
전화 | 02)2275-9171
팩스 | 02)2275-9172
이메일 | tibet21@hanmail.net
홈페이지 | http://goldegg21.com
출판등록 | 2003년 03월 26일(제300-2003-230호)

ⓒ2024 강영오 & Gold Egg Publishing Company Printed in Korea
값은 뒤표지에 있습니다.
ISBN 979-11-6815-086-7-03810

가로수다방

강영오 시집

황금알

우리 세대가 상속받은 봄은 황폐했다. 하물며 우리 부모님 세대들이 맞이했을 그 봄은, 봄마저 차압당한 채 찢어진 깃발만 펄럭였을 빈 들녘이었음을 안다. 그분들께 감사드린다.

우리는 1년 365일을 쉬지 않고 일해야 했다. 우리의 꿈은 다음 세대에 우리가 겪은 봄을, 그 궁핍과 좌절의 연대기를 대물림하지 않는 것이었다. 당시 우리가 걸어 왔던 골목에 놓여 있던 무채색 점경들을 소략한 몇 편의 기록으로 남긴다.

차 례

$$**$$
$$**$$

최초의 별

혼자 저녁을 뜨는 이의 갈비뼈
구름떼의 적막한 탕진

누군가 돌아오지 않는 식솔을 기다릴 때
황혼은 빈방의 벽지처럼 낡는다

붉게 침강하는 하늘 너머

세상의 가장 추운 곳에서
홀로 수척한 이마 하나
최초의 별

이 겨울에는

당신이 나의 근황에 대해서 생각할 때 나는 어느 산록의 마을을 건너거나 어느 항구 뒷골목의 추운 불빛들을 지나고 있을지 모릅니다

멀리 있으면 그저 먼 곳인가요 세상이 온통 희고 추운 겨울 속에 머물 때 나는 더 먼 곳을 향하여 걸었습니다 세월이 지나면 나는 이 고단한 여정의 한 끝에서 등피鐙皮를 닦고 심지를 올리며 무심히 그대를 생각할 것입니다

이 겨울 새떼가 하늘을 비우고 짐승들이 굴로 향하는 빈 들녘의 끝, 나는 뒤안길 사금파리 위에 떨어지는 달빛 한 조각을 하염없이 바라봅니다

나는 당신의 사소한 일상들을 생각하며 뒷산에서 땔감 한 아름을 해서 집으로 돌아옵니다 그리고 장지문에 희게 몸을 떠는 문풍지를 붙이고, 아무 일 없었던 것처럼 아궁이에 강솔불을 지필 것입니다

황지, 그 해

비가 그쳤다 살얼음처럼 시린 연화산의 이마
낮별들이 지등紙燈처럼 떨고
구름은 낮은 쪽부터 무너지기 시작했다

황지천변, 미국자리공은 소리죽여
어차피 당도하지 않을 바람을 기다리고
광궤열차는 늘 그렇듯이
꿈꾸지 않는 자의 남녘을 향하고 있었다

앰뷸런스가 석공병원으로 달려가고 남은 자리
저녁해가 아무도 몰래 흥건히 자지러지고 있었다

사람들은 주일마다 성공회 교당에
빠르게 모였다가 빠르게 흩어졌다

저탄장의 불빛들은 스크럼을 짜며 밤새 어둠을 견디고
강안 너머 차창을 내린 채 떠난 이들

기다려도 그 해는 오지 않았다

덕천리, 가을

덕천리 마을회관 앞 정류장에서 버스를 기다리는 동안
물푸레나무 잎새 사이로 하늘이 은입사銀入絲하듯이 쏟
아지는 동안
찌르레기 소리가 공중의 한 부분을 조금씩 허물고 있다

회관 앞산이 여름 산빛을 진종일 덖어내더니
정류장 앞 덕천개울을 솔깃 귀를 세우며 내려다본다
천변 위로 쇠기러기떼가 날아간 뒤
하늘을 가로지르는 저녁햇살이 분주하다

난전 귀에 쇤 가을나물 같은 할머니들이
버스가 오는 방향으로 연신 고개를 빼고 있다
오래된 내복 같은 마을길의 적요寂寥

돌개바람 한 자락이 횡단보도 앞을 머뭇거리는 사이
나는 휘발유 냄새나는 완행버스에 몸을 실었다

내 온몸에서 물소리가 희고 푸르게 범람했다
버스에 앉아 눈을 감고 속절없이
아니 필사적으로 흔들릴 때마다

저녁하늘, 양양

쇠기러기떼가 건너는
하늘기슭은 여전히 옹기빛이다

공중에 난 틈새를 메우며 밀며 간다
난바다 물소리를 거느리며

저녁하늘은 오롯이 내장을 드러내며
폐결핵의 가난한 통점을 견딜 뿐

귀는 늘 바람 불어오는 쪽에서 운다

풍경

건물더미에 뚫린 검은 창문들이
저탄장 구석의 버력처럼 쓸쓸하다

변기 위에 앉으면
누군가의 화장실을 이고 있거나
누군가의 화장실을 깔고 있는
어느 다리가 어느 다리를 베고 있을지 모르는

위층이 불을 끄면 아래층이 불을 켠다
교대근무에서 돌아온 샤워물소리가
총총히 내닫는 도마소리를 수납한다

공중에 기댄 어두운 창문들이
새벽 2시 밤의 한켠을 물끄러미 바라본다
아파트사택은 고단한 밤의 간이역
젖은 작업복들이 난간을 견디고 있다

비 내리는 태백시의 어둠 속
이파리 사이로
연두색 고환을 숨기는 모과나무

가로수다방

함태탄광 저탄장은 초겨울 서릿바람의 원적지
석탄먼지가 일면 문곡역 앞
가로수다방의 목재계단이 자욱하게 부푼다

박재란의 〈창살 없는 감옥〉이 턴테이블에서 혼자 돌면
하 풍진 세상 추 마담의 실연 20년이 따라서 돈다

청량리행 곱배* 2량을 배정받으면 하루 일과는 끝이다
미스 박이 방금 타서 내놓은 쌍화차 속
날달걀 노른자위를 스테인리스 티스푼으로 뜬다

1층에 자리잡은 〈가로수감자탕집〉
감자탕 중자 하나에 경월소주를 시켜 놓고
조개탄이 탁탁 불티를 날리는 무쇠난로 곁에
다방식구 둘과 내가 둘러앉았다

미스 박, 고양이는 집을 못 떠나고,
개는 주인을 못 떠난다는데?!
아유~ 척하면 삼척이라고

집도 주인도 다 버리는 게 사람이지
미스 박이 잔에 소주를 채웠다

역 쪽에서 입환작업을 하는 기관차들의
차가운 쇳소리가 들렸다
청량리행 화차들이 저탄장 배출구 아래 줄을 서고 있
겠다

나는 감자탕집을 나와 숙소로 향했다
저탄장의 백열등 불빛들이 석탄을 싣는 화차들을
흐리게 지키고 있었다

* 곱배: 기차의 화물칸(경북 방언)

두문동재

선산부 아버지는 광차를 타고 갱 속을 들어갈 때마다
오른손을 들어 이마와 가슴에 성호를 긋곤 했다

석탄빛 망사 같은 어둠이 아버지를 휩싸면
아버지의 등은 천천히 어둠 속으로 잠겨들었다
기침소리도 캄캄하게
갱 속 아버지의 그림자를 따라갔다

아버지의 기침소리가 더 이상 들리지 않게 된 날

어머니는 철암역 선탄장 형광등불빛
환한 컨베이어벨트 앞에서
석탄과 버력*, 동발* 부스러기들을 고르고 계셨다

영월읍 지나 두문동재 넘어서면
병반丙班 근무가 돌아올 때마다
캡불* 번쩍이며
톱 도끼와 양은도시락 철컥거리는
아버지 기침소리가 들리는 것 같다

* 버력: 석탄과 함께 나오는 폐석
* 동발: 갱의 천정을 지지하는 통나무 기둥
* 캡불: 광부들의 화이바에 붙이는 전등(cap lamp), 안전등이라고도 한
  다.

문곡역

바람이 스산하던 그 봄 곁에서
연화산 발치 양지마을 개 짖는 소리를 들었다
산기슭을 감고 오다 개량주택 블록벽을 스치는
함태천 거랑물

산 옆구리 어디 어둡게 멍든 곳
살얼음 서린 수면 아래 물풀 곁에서 실눈 뜬 두꺼비들이
봄을 서둘러 받아쓰기하고 있었다

석탄을 부리고 돌아오는 디젤기관차의 후미에
고단한 식솔처럼 따라붙는 객차 몇 량

문곡의 3월은 땅도 더디 풀렸다
잔설 곁으로 스며드는 볕뉘 같은 사람들
이제 떠나려는 이들과
벌써 돌아오는 자들이
들고 나는 문곡역

검은 땅에서 검은 밥 먹으며

시멘트포 장판에 그림자처럼
배를 깔고 누운 나의 20대

70년대를 위하여

입영영장 받은 날부터 훈련소 입소일까지
친척집과 송별술자리 순방이 으레
무슨 풍습처럼 이어지던 시절이 있었다
그때 나는 을지로 골목 남산철공소 선반 앞에서
진종일 쇳밥을 마시며 암나사 수나사를 깎았다
남산 산책로에 개나리꽃이 흐드러지면
작업장 벽에 붙은 불량률표도 덩달아 흐드러졌다

나는 영장을 챙겨들고 문곡역을 향했다
신작로 쪽 낯익은 지붕들이 10톤 석탄 트럭이 지나갈
때마다
석탄가루를 시커멓게 뒤집어썼다
울가의 개나리꽃도 석탄가루를 시커멓게 뒤집어썼다

우리는 마을 초입의 〈최군집〉에 모였다
읍내 〈강릉관〉 큰언니 노릇하다가
문곡리에서 대폿집을 차린 처자가 있었는데
광대뼈가 불거지고 턱이 사각져서 우리는 최 군이라
놀렸다

22

그네는 아예 가게간판을 〈최군집〉이라 바꿔 달았다

술잔이 몇 순배 돌았다 최 군은 〈강릉관〉을 인수해서
우리 외상값 1년치를 탕감한댔다
선산부 정태는 벌써 흥건해진 채 함태광업소장이 되면
직속 상사인 채탄반장부터 목을 친댔다
해병대 지원한 펌프공 갑출이는 퀴논항에서 귀국할 때
워커군화를 시퍼런 달러로 채워 온댔다
나는 이가 빠지고 모가 나간 두레상을 두들기며
그들의 희망광시곡에 장단을 맞췄다

1년 후, 갑출이의 전사통지가 날아든 봄날
휴가를 나온 나는 〈최군집〉을 찾았다
우리는 코가 삐뚤어지게 취해서 그때처럼
희망광시곡을 메들리로 불러제꼈다
결석한 갑출이의 희망광시곡을 곰곰이 생각하는데
달빛을 받은 〈최군집〉 앞 개나리꽃은
노란 잇바디를 드러낸 채 딴전만 부리고 있었다

달을 등진 채 떠났다

그날 밤 황지천은 보름을 지난 달빛이 교교했다

간스메깡통 같은 찌그러진 골목들이
저녁불빛 속에 구르고 있었다
전국에 원적을 둔 그들은
자정이 되어서야 적막해졌다
백열등 불빛 속의 담배연기와
흐리게 허공을 짚는 취객들의 그림자
혹은 엎질러진 양은주전자들의 폐허

나는 대명광업소 수갱竪坑 펌프공으로 취직했다
황지역 신호대의 붉은 불빛 속에
입환하는 석탄수송열차의 파열음을 들으며
을반근무에서 돌아오곤 했다
어금니를 악문 쇳소리들로 등골이 시려오는 밤
수갱에서 물을 퍼 올리며 나의 성년은 시작됐다

황지천 검은 물결 위에서
소스라치는 달빛을 베고 누워

나는 꿈도 없이 잠들곤 했다

결코 풀리지 않을 듯싶은 미제사건처럼
어느 희붐한 새벽
나는 달을 등진 채 떠났다

병종이네 형님

병종이와 나는 한 해 기계공고에 입학했다 그는 광업소 선산부로 취직한 형님을 따라 울진에서 우리 읍내로 이사했던 것이다

나는 등교할 때마다 광부사택이 있는 화광동 5정목 형님댁에 들렸다 "얼른 오시게, 아침 몇 술 더 뜨시게" 언제나 반갑게 맞으며, 형님은 꼭 어린 막내동생의 친구에게 '하시게'를 했다 나는 큰형의 교복을 몰래 꺼내 입었을 때처럼 불편해서 어쩔 줄 몰랐다

망가진 레고블록 같은 광부사택은 하나같이 방 둘에 부엌 한 칸이었다, 병종이 공부방으로 하나를 내주면 형님네 네 가족은 한방에서 복작거려야 했다 나는 꺼병이 행색으로 다니면서, 철없이 형님네 부부생활이 궁금했다

내가 군대를 마치고 서울에서 직장생활을 막 시작했을 무렵이었다 형님은 규폐증이 심해져 광업소를 퇴직하고 상계동 골목에서 작은 여인숙을 차렸다

병종이와 종로쯤에서 술이라도 나눈 날이면 네온사인 사이로 초췌해진 달을 향해 종주먹질을 해댔다 그리곤 통금이 닥쳐서 상계동 형님네 여인숙으로 쳐들어가곤 했다 그때마다 형님은 "무슨 술을 이렇게들 마셨는가" 하며 술에 비장 속까지 폭삭 젖은 우리를 다독여 들였다

　거리에 구세군 종소리가 점점 요란해지던 어느 해 연말 병종이한테 형님의 부고 전화를 받았다 나는 정신이 아득했다 형언 못할 통증이 흉곽의 가장 깊은 곳에서 감전된 것처럼 퍼져 올라오고 있었다 나는 로이터통신을 받아 적는 텔렉스 소음과 선적서류를 찍어대는 디토기의 알코올 냄새 속에 한참을 서있었다

　형님은 "뭘 바쁜 사람이 예까지 왔는가 얼른 이쪽 따신 데로 앉으시게" 영정 속에서 환하게 웃고 계셨다 12월 늦은 밤, 이마가 하염없이 한천寒天처럼 시려오는

제설작업

어젯밤 J에게 편지를 썼다 "여기서 눈은 작업거리일 뿐이야"라고 썼다가 "적설의 푸른빛이 새벽을 조금씩 밀어내고 있어"로 고쳤다

나는 평소보다 1시간 일찍 기상했다 그리고 우리 포대에 할당된 작전도로의 제설작업을 위해 이동했다 작전도로는 항시 운행 가능한 상태를 유지해야 했다 병사들은 저마다 키만 한 빗자루를 메고 말고개를 넘어 추진진지로 향했다 우리는 4인1조 일렬횡대로 도로를 쓸어 나갔다 밤새 내린 눈을 쓸고 또 쓸었다 벌써 열흘째, 함박눈은 내 궁핍한 어깨 위로 한사코 쏟아지고 있었다

우리는 눈발 속에서 황토와 자갈들이 드러날 때까지 눈을 쓸었다 우리는 할당된 경계까지 쓸고 또 쓸기를 온종일 반복했다 퍼붓는 함박눈을 맞으며 뒤를 돌아보면, 도로는 어느새 다시 흰빛의 공포 속에 파묻혔다

취사차가 아침식사를 싣고 왔다 양은식기에 김치 몇 조각이 얹힌 보리밥 한 그릇, 무채가 몇 가락 떠 있는 된

장국이 전부였다 우리는 눈 위에 빗자루를 깔고 앉았다
밥그릇과 국그릇에 떨어지는 눈송이를 막으려 상체를
깊숙이 숙였다 고참병이 숯처럼 탄 고기 한 점을 슬쩍
건넸다 그리고 그걸 꼭꼭 씹는 내 관자놀이를 보며 싱겁
게 지껄였다 "강 이병, 넌 이제 네 생일도 까먹을 걸 까
마귀 고기를 먹었으니까" 함박눈송이가 숟가락을 쥔 손
등 위로 하얗게 내렸다

　오래 굶은 참새와 콩새들이 황토와 자갈이 드러난 도
로 위로 내려앉았다 오르곤 했다 우리의 빗자루 타격으
로 그것들은 속절없이 특식감이 되었다 간신히 십여 미
터씩 날아오른 새들은 인솔 선임하사의 사격 과녁이 되
기도 했다 눈밭 위에 번지는 몇 방울의 핏자국, 잔인하
도록 선명한

　며칠 후 우리 부대는 동절기 야간훈련 비상이 걸려
DMZ로 이동했다 헤드라이트를 켠 포차들의 행렬이 작
전도로를 지나고 있었다 간간이 헤드라이트 불빛이 들
판 너머 허공에서 예리하게 교차하다가 흩어졌다 밤은

더 이상 어둠의 관할이 아니었다 우리는 포차 위에서 패배할 수밖에 없는 졸음과의 전투에 돌입했다

그 밤, J와 나는 겨울산야에 터무니없이 희게 부서지는 달빛을 바라보며 먼 산과 가까운 산들이 자주 자리를 바꾸는 말고개 작전도로 신작롯길을 천천히 걸어 올라가고 있었다

정암탄광

함백산과 상동 개울이 비운 여백에
광부사택이 한일자로 서서
계곡을 향해 까치발을 한다

방 둘에 부엌 한 간, 모두 구조와 면적이 빼다박았다
화전뙈기만큼 한 하늘을 마을우물처럼 나눈다

두문동재 산그늘이 광업소 마당까지 기어들면
막장을 뚫던 어두운 선산부들이
톱과 곡괭이를 저녁햇살처럼 철컥거리며
지상으로 귀소하는 시간

농사를 이미 버린 자들과
농사를 다시 하려는 자들이
60촉 백열등 먼지 낀 갓 아래 모여
함께 메밀국수로 늦은 저녁을 먹는다

지금 자정보다 먼저 3교대하는
흰 이빨들이 캄캄하게
겨울하늘을 지키고 있겠다

순금이

문곡삼거리 밀양옥에서 경월소주를 따르던 순금이
술이 꽤 돼 귓불까지 발갛게 등盞을 달 때면
도래상 머리를 부여안고 앙가슴을 쳤다

밈뜨리 다랑논도 제 맘 알고
밈뜨리 거랑물도 제 맘 알 거라며
소맷귀를 쥐어짜곤 했다

문곡역전 리어카꾼 진수는
승객들이 대합실을 나설 때마다 신이 났다
아무 때나 벙글벙글 목련꽃같이 웃어 쌓던 진수에게
동네어른일랑 모조리 에미고 애비였다

함태천 기슭을 따라 하현달 설핏 숨는 봄밤
나는 삼동여객 막버스를 놓치고 신작로 삼십릿길을 걸
었다
그날 백산교 난간 곁에
순금이가 혼자 서 있었다
다리 아래의 흐린 물소리처럼 서 있었다

군대를 제대하고 문곡역에 내리던 날
리어카꾼 진수는 나를 보곤
다짜고짜 양지말 자기 집으로 끌고 갔다
탁주사발에다 시금치나물이며 삼겹살까지 갖춘
도래상을 들고 살금살금 문을 여는 순금이의
퍼머머리와 연보라 티셔츠가 눈부셨다

저녁내 진수는 입꼬리가
하현달빛처럼 귀 끝에 환하게 걸렸다
함태천 위로도 하현달빛이 환하게 걸렸다

선산부 김 씨

싸락눈이 화이버를 굴러 목덜미를 파고들었다
싸락눈 뿌리는 문곡항의 겨울
선산부 김 씨는 허리춤에 맨 양은도시락이 따뜻했다

갱내에서 휘파람은 금물이었다
여자가 남자의 출근길을 넘으면
다들 부정 탄다고 수근거렸다

광차의 헤드라이트 불빛이 갱도의 레일 위를
허기진 짐승처럼 질주했다
동발을 세우고 그 위에 또 동발을 괴었다
번개처럼 푸르게 금이 가는 기계의 파열음들
어둠을 캐며 더 어두운 곳을 향해 굴신하였다

아내는 그의 배냇저고리를
장롱 가장 깊은 곳에 부장하였다
그는 성호를 긋거나 합장을 하였다
돌무지를 보면 절도 했다

갱을 나서도 갱속처럼 어두운 얼굴들
흰 눈자위와 흰 이빨만
싸락눈보다 시리게 번쩍거렸다

저탄장의 먼 불빛처럼
결코 잠들지 못하는

배경이 사라진 사물

창문을 열었다 옆집 옥상에서 민소매 차림의
맨드라미 몇 송이가 고개를 꺾었다

붉은 넝쿨장미가 오래된 난간처럼 기울어진 곳
다육이들의 슬하膝下가 좁아지고 있다

화분에서 가을꽃이 죽은 자들처럼 울며 떠나고
장독 몇 개는 또 빨간 고무물통을 뒤집어쓰겠다

뒤뜰의 모과나무는
여전히 모과빛이다

방금 김포공항을 이륙한 보잉747 한 대가
초겨울의 살얼음 낀 깊이 속으로 잠기고 있다

TV 속 아이들이 황량한 강변처럼 앉아있는
오후 4시의 불온한 에스키스

나비

너와지붕 아래 한갓진 창틈
너는 방금 풍경을 얇게 흔든 바람이다
오후 세 시의 어느 눈썹이다

생강나무 가지에 널어 논
지난겨울의 부치지 못한 편지들

살얼음 낀 햇빛 한 뼘과
바위 밑에 숨은 타래붓꽃 씨앗들

조붓한 참댓잎 온기만으로도
봄이 이렇게 맺히고 있다.

산빛 갈리는 삼월과 사월
산그늘과 오후 햇살 사이를 밀행하는
봄의 하얀 안부安否들

물방울의 잠

소나기 한 줄금 그친 뒤 물방울이 울창하다
철제대문 귀퉁이에서 녹을 버티는 물방울

철제대문에서 탱자나무 가지까지
나일론 빨랫줄에 매달린 물방울
빨랫줄의 노란 길이만큼
따로따로 모였다가
뿔뿔이 떨어지는 물방울

문득 조우했다가 스스로 멀어지는 물방울

물방울은 등으로 눕고 등으로 기댄다
등을 늘여 투명하게 둥글어지다가
저 혼자 물방울로 남는다

시멘트바닥에서 물방울이 물방울끼리
오체투지한다, 잠깐 수척한 물방울

공중을 물방울처럼 샅샅이 스밀 때

공중을 물방울처럼 올올이 적실 때
나는 처음으로
물방울의 잠을 잔다

박스와 골목

골목의 부피가 또 늘어났다
저녁 햇살을 맞으며 골목이 두리번거린다
박스가 지나갔다 그동안 자기 부피로 견뎌온 박스
모서리 위에 모서리를 세웠다

장미꽃이 골똘하게 말라가는 어느
박스의 구석을 장미향기가 지키고 있다
박스가 비거나 차는 거는
명백히 박스의 문제는 아닐 거야
그때 골목이 조금 어두워졌다

박스 밖은 일요일
멀리 장마전선이 은밀히 진주해 왔고
골목에는 여전히 전봇대와 외등
그리고 낯선 바람이 서 있다

수레를 가져와서 박스를 묶는다
푸른 나일론끈으로 전봇대와 외등과
낯선 바람을 묶고 영원히

감가상각되지 않을 골목의 부피를 묶는다

박스처럼 착착 접힌 노인을 태우고
기우뚱 수레를 밀고 가는 박스

보이지 않는 곳을 메우며 굴리는

굴참나무가 눈을 맞는다 눈이 내리는 날
굴참나무는 희고 둥근 공중을 만든다

장독대에도 눈이 내린다
눈발이 장독을 에워싼다

항아리에 매달리는 눈송이
눈송이에 매달리는 항아리
항아리에 기대는 눈송이
눈송이에 기대는 항아리
항아리 바닥처럼 깊어지는 눈송이

지천으로 내리는 눈발이
늑골까지 쌓이는 눈발이
맨발 시린 눈발이 한발쯤 빗나가면서
눈발은 저마다 먼 산 쪽으로 기운다

굴참나무숲을 하얗게 나르는 눈송이
뿔뿔이 밤을 껴안고 밤처럼 내린다

세상을 온통 눈발 속으로 데려가
보이지 않는 곳을 메우며 굴리는
눈송이들

오늘은 미세먼지 없는 날

오늘 날씨는 〈미세먼지 좋음〉입니다
아파트단지 위 흐린 구름은 해체공사 중이고요
옆집 옥상 시멘트벽엔 빗물자국이
아토피를 앓은 흔적 같네요
광케이블을 따라가다 보면 뒤뜰이
수요일의 고양이처럼 까무룩 졸고 있어요

책상 위 내 검은 뿔테안경은
오이씨만 한 볕뉘를 쬐고
아내의 가장 애띤 사진은 여전히
은하수보다 찬란히 웃고 있습니다
어제 입양된 봉옷걸이도
주민등록부에는 없지만
어엿하고 살뜰한 식솔이랍니다

장마 끝물의 맑은 날씨에 나도
햇살처럼 투명하게 가벼워지네요
즐거운 예감처럼 가벼워지네요

오늘은 미세먼지 없는 날
유리창 너머 푸른 하늘을 보며
알리바이도 없이 내 청춘을 기쁘게
인터셉트하는 날

탁란托卵

옆집에 새로 이사 왔는지
시멘트 맨바닥이던 옥상이 새뜻한 보라색이다
블루베리를 받아먹은 개혓바닥 빛깔이다
옥상 구석의, 우리 집 살붙이처럼 살갑던
그 화분들, 댕기쟈스민 버베나 백정화
다 어디 간 걸까, 화분도 일년짜리 비정규직이었나

다저스 모자를 비껴 쓴 사내가
담배를 꺼내다가 인기척에 얼른
바지주머니에 쑤셔 넣는다
품이 날래고 부드러운 걸로 봐서
은퇴연식 5년차 깜냥이다

아내일 듯싶은 여자가 함박꽃브래지어를
훌훌 털어 나일론 빨랫줄에 넌다
힐끗 사내를 쳐다보곤 옥탑 계단을 내려간다
표정이 은퇴자 보유연식 5년차는 됨직하다

새뜻한 보라색이 햇살을 촘촘 받아먹고 있다

늦은 봄바람이 고양이 속털 같다

사내가 담배를 꺼내 불을 붙인다
길게 숨을 빨아들인 다음 오후를 언저리부터
조금씩 베어내듯 연기를 날린다

은퇴연식 5년차 어느 오후의 심심한 탁란

어떤 오후

멧새 한 마리가 우리 집 위성안테나에 앉았다
이내 잎 진 뒤뜰 모과나무 가지로 옮겼다
대문 옆 종량제 붉은 마대를 몇 번 쪼아보다가
광케이블 너머로 사라졌다

식구들이 외출한 오후
멧새와 위성안테나 모과나무, 또 나는 같은 주민등록지
동네 방범CCTV에 자주 찍혔을
어쩌면 나로호 위성카메라에도 몇 컷 남았을
시간의 무심하면서 간절한 공유

CCTV가 검은 법복을 갈아입는
오후 세 시와 자본주의와 쓰러진 소주병의
평화가 CCTV로 이관된
렌즈와 반도체가 협업하는 시대의 쓸쓸한 알리바이

어느 손이 뒷덜미나 손목에 칩을 심으면
칩이 헤어살롱 유리도어를 열고
설렁탕집 계산대 앞에 서고

타임테이블에 맞춰 헬스를 시키겠지

무료한 칩이 무료한 오후를 달래는 문명의 진화는
어떤 지질시대의 클래식일까
소각될 수 없는 칩들이
샛강의 물빛으로 몰려드는 시간

아내는 강변북로가 밀린다고 문자를 보내왔다

멧새와 위성안테나와 모과나무와 내가
입증할 수 없는 알리바이를
한사코 갱신하는 오후에

횡단보도

건너편을 비우려는 건너편과
건너편을 채우려는 건너편이 붐빈다

어릴 적 부라더미싱 노루발에 감긴
북실을 들여다보는 것 같다

게걸음 하나가 횡단보도를 외로 쓸어 담는데
흰 나이키운동화 한 켤레가 바짝 따라붙는다

광장 비둘기떼들이 횡단보도의 흰 선을 물어다
시청돔탑 건너편에 횡단보도의 공중을 만들 때
노숙자 한 무더기가 횡단보도 건너
무료급식소 앞에서 저녁햇살처럼 주저앉는다

잎을 다 떨군 버짐나무 아래에는
방금 컵라면정식을 챙긴
파트타임 알바들이 늦은 가을을 호객하고 있다

건너온 횡단보도가 다시 횡단보도를 건너는 밤

잠시 생각에 잠긴 횡단보도

빈 발자국 소리를 페달에 싣고
망가진 자전거바퀴처럼 새벽 1시를 공회전한다

빌딩 청소부

동아줄을 한 뼘 늦춘다
장딴지 근육에 힘을 실어 발판을 오른쪽으로 옮긴다
바람이 등을 밀어서 발끝이 자꾸만 유리벽에 닿는다
발끝으로 허공을 견딘다

유리벽 안을 들여다본다
무슨 심해의 수족관 같다
하얀 Y셔츠가 책상 위 서류 너머 전화를 한다
몇몇은 탁자 사이를 유영하며 스탠딩미팅을 한다
천정에선 레이저빔의 불빛이 연골어류처럼 부유한다
나는 심해의 고요를 보며 안심한다

차가운 바람이 등에 닿았다가 겨드랑이 사이로 흩어진
다
물때와 기름때는 세제를 다르게 쓴다

수족관 속의 앳된 단발머리와 눈이 마주친다
그녀는 결재판을 안은 채 서 있고 나는 발판에 앉은
채다

그녀는 눈을 크게 떴지만 나는 아무렇지 않았다

나는 진작부터 보고 있었고 그녀는 막 보았기 때문일
거다

오전 9시와 오후 2시의 햇볕처럼 굴절각이 다른 노동
의 조우

안과 밖이 만나면 안이 먼저 긴장한다

나는 세제를 분무하며 걸레로 닦는다

두 다리를 레펠 자세로 벌리고 아래층으로 옮긴다

'저녁이 있는 삶'을 누가 말했을 때

나는 '삶이 있는 저녁'을 생각했다

햇살이 유리벽에서 터무니없이 가볍게 부서진다

바람이 점점 차가워지고

가을 산들이 생각 없이 멀리서 저녁을 바라보고 있었다

봄에 누설되다

목재계단의 발자국 소리가 나를 누설하고 있다
행신역사 울타리를 지나면서 눈치챈 예보 전의 기후
울타리의 누설은 아무래도 개나리에 관해서였다

구름능선이 하늘공원으로 당도하는 것도
잠깐만 하면서 목재계단이 걸음을 멈춘 것도
누군가에게 누설됐기 때문이다

창틀 위로 정오가 환승하는 시간
나는 내 방 의자에서 하염없이 누설되고 있다
찬찬히 거울 안을 들여다보았다
거울에는 내가 나를 바라보며 누설되고 있다

겨우내 얼룩진 채 배가 부른 벽지와
구석 옆에서 단정한 편백나무장롱과 마호가니 책상이
한통속으로 나를 누설하는 중인데
나의 문장들이 필사적으로 서랍을 빠져나와
등산스틱처럼 한 뼘씩 나를 앞질렀다
누설이 다른 누설을 방관하고

각자도생하던 편백골판이 나를 방 바깥까지 밀어낸다
방문을 열 때마다 바깥이 무너져서
나는 저녁 속을 걸으면서 천지간의 누설을 견딘다

촘촘해진 어둠이 예감처럼 저녁난간을 내려오고 있다
한사코 바람 바깥으로만 에돌며 부는 저지대의 바람

봄에 누설되다

전용면적을 위한 명상

잠결에 빗소리가 요란했다
자주 막히는 수챗구멍이 생각나서 봤더니
뒤뜰이 막무가내 쏘[沼]가 되었다
수채뚜껑을 들어냈다
빗물의 전용면적이 한강하구 쪽으로 상속되었다

전용면적이 배당되었으므로 비가 오는 건지
비가 오므로 전용면적이 배당된 건지는 내가 참견할
일이 아니다

창가에 앉아 턱을 괸 채 혼자 젖는
비 내리는 오후 같은 전용면적이 있고
선릉역 가다 선잠 들면 일원역까지 실어다 주는
엉덩이를 빼박은 3호선 스텐리스의 전용면적도 있다

책상과 나, 두 폭짜리 오동나무 장롱이 무표정한
쪽방은 내 잡념의 전용면적
65인치 TV를 새로 장만한 거실은 이녁의 전용면적

10년째 각방을 쓰는 이녁이 갑자기
용인시 모현면 천주교공원묘지의
부부합장형 묘지 계약서를 들이민다
코로나블루일까 장마블루일까
세 평 반짜리 이녁과 지키는 전생애의 전용면적
세 평 반짜리 저기 저 빗소리의 우아한 전용면적

전조前兆

풀 먹인 모시바지가 사각거리는 거 같았다
창문 쪽이 희붐하다
눈썹 투명한 것들이 지상을 적시는 아침
엊저녁부터 봄밤을 횡단했을 조용한 내습자들
방안으로 드는 빗소리가 몸에 익은 옷 같았다
나는 창문을 열었다

여기저기 들녘 환하게 모여드는 빗소리

대추나무

옆집 대추나무 가지 하나가 우리 집 목재 울타리를 넘었다
실눈 뜨며 사뭇 기웃거리는 품이
거처를 새로 옮기고 싶은 눈치다
몸피가 절반 가차이 뒤뜰로 기울었다

지난 태풍 등쌀에 정강이쯤부터 부러지고 남은 가지
굳은살이 박힌 껍질에 팬 금들

대추나무이파리들이 상처를 덮어주며
이젠 괜찮아요 하고 말하는 것 같았다

하늘에 어떤 발목 하나가 그림자처럼 스치는 것 같았다
내 몸 어딘가에 목마르게 궁금한 통증 하나

모과나무

어젯밤 내내 폭풍우가 지붕을 들었다 놓았다
뒤뜰 전체가 어둠 속에서 허둥댔다
모과나무는 가지 깊이 모과알을 슬어놓았는데

먹빛 하늘가를 따라 하염없는 이파리들
우듬지가 필사적으로 바람결에 날렸다

모과나무가 번갯불 속에서 번쩍일 때마다
가지를 따라 깊어지는 물방울들
빗줄기에 샅샅이 등을 기대고
여름장마를 건너가는 모과알의 밀행

아침 뒤뜰에
어린 가지와 어린 모과알이 흥건하다
나는 흰 수건을 가져다가 닦아주고 싶었다

동강東江

달빛처럼 뜨겁게 머리 풀고 강물에 누울 수 있다면

강물 위에서 내 몸이 저리 깊게 일렁일 수 있다면

강물 위에서 내 몸이 저리 투명하게 흐를 수 있다면

내 젖은 발자국 모래톱 속에 혼자 더 젖게 버려두고

겨울 지평선은 말하지 않는다

새떼가 일제히 떠나고 남은 자리
겨울 지평선이 조금씩 허물어지고 있었다

갈대숲이 흐르는 강안에서
그것을 물끄러미 바라보는 사람들
눈이 내렸다
겨울의 언 손등을 비비는
희고 추운 남루濫褸

겨울 지평선은 말하지 않는다

한사코 겨울의 크고 맑은
깊이를 지키는 것들

구름

구름이 구름을 품는 구름의 겨드랑이
살들이 살들끼리 상봉하는
느리게 지상으로 망명하는

순례의 길에서 돌아와 다시
순례를 떠나는 구름의 황량한 뒤축들

아침 식빵처럼 무심하게 부풀면
수평선까지 닿을 수 있을까

구름이 몸을 지우면
발목까지 발바닥까지 지우면
그 적막에 닿을까
꿈꾸는 해안선으로 모이는 구름

저녁밥을 짓는 여자들의 앞치마에 고이는 햇살

앉은뱅이책상

우리 집 옥탑방에 오래된 벗이 있다
문을 열면 하늘과 무릎맞춤을 한다

달포 전 어머님이 쓰시던 이단 오동나무 옷칠장롱을
들여
그와 나란히 두었다
그의 낯빛이 백통장식처럼 환해지는 것 같았다

방 둘에 부엌 한 칸 13평 암사동
연탄을 때는 아파트에서 함께 산 적이 있었다
그는 늘 건넌방 창문 앞에 앉은뱅이를 했다
새벽별과 저녁달 보기가 일상이던 나는
주말에나 그와 마주할 수 있었다

어린 시절 방고래에 불길이 가장 잘 드는 뒷방에서 놀
곤 했다
그는 큰형의 친구였고 둘째형과도 친구 막내인 나와도
친구였다

뒤창 너머로 연화산에 잠자리 날개 같은 저녁햇볕이
걸리고
철길 굴다리 아래를 지나는
함태천 개울물 소리가 밤결내 뒷방 창문을 흔들었다

그때 마을엔 공동우물이 있었다
줄을 당기면 냉기 서린 물소리를 철철 넘치며 올라오
는 두레박,
그는 우리에게 두레박물 같았다
우리가 졸음과의 육박전에 비장하게 쓰러지면
30촉 백열등 불빛 아래 그의 품으로 안아주곤 했다

2주 후면 우리 집은 근처 작은 아파트로 이사를 한다
아내는 아이들도 다 나가 사니 큰 집은 필요 없다고 말
했다
아내는 요즘 손목보호대와 파스를 붙이는 게 일이다
아내가 도마질을 하며 말했다
"어머님 장롱은 그렇다 쳐도, 친구는 함께 못 가겠네
요"

옥상에 올라가 나는 끊었던 담배를 꺼냈다
연화산 잠자리날개 같은 저녁햇빛도 비치지 않았고
함태천 개울물 소리도 들리지 않았다

연말 저녁

아스팔트숭글 지붕 위 태양열 집진판들이
일제히 사마귀처럼 옹송그리며 도사렸다
늦은 저녁의 햇볕이 낙과落果처럼 떨어졌다

을지로입구역, 순환선이 방금 부려놓은 사람들
지상과 지하로 쓸쓸한 어깨를 비비며 붐비는 사람들
뿔뿔이 안아줄 어깨를 찾는 발걸음들

영락교회 뾰죽탑이 저녁구름을 서쪽으로 밀고 있다
마치 서쪽에 구원이 있다는 듯이

아침새들이 무심히 남산으로 날아가듯
저녁 속으로 돌아오는 노을 몇 폭

지나가는 누군가의 전화 목소리 하나가
북촌하늘처럼 시리고 환한 어느 연말 저녁

시작note, 가을

어제는 엊그제가 거래한 내일같이
오늘은 어제가 반납한 내일같이 지나가요
뻘밭의 낙지발처럼 설핏 하더니
빈 구멍에 거품 낀 말들이 차오르는군요

기왕 시작한 건데
한 뼘쯤, 한 뼘쯤 더 지나면
기지개라도 켤까요

칼집 같은 어떤 계곡에 벗어놓은 발목들
추운 물살을 건너고 있네요
한눈을 팔 때마다 구름장 가망 없이 푸르고요
등 뒤에서 바람소리가
놀멍쉬멍 해찰이나 하네요

거긴 어디예요?

저기 술병을 낀 채 옷깃을 세우고 서성이는 사람들
방금 망명지에서 돌아온 소인묵객騷人墨客인가요

검은 가방을 멘 저 사람들
11월의 바람처럼 흐리게 저물고 있네요

성탄절 부근

피아노 소리가 들렸다
성당 뜨락엔 자선바자회가 한창이다

시리아의 아이가 포연砲煙이 가시지 않은 건물더미 사
이로
축구공을 몰고 내닫는다
머리에 붕대를 감은 아이가 뒤를 쫓는다
목발을 한 아이가 그걸 물끄러미 바라본다

검은 새들이 종소리를 물고
흐리게 부유하고 있다
내일 생각하자, 시간은 있잖아

세간보따리를 머리에 인 로힝야족 여자가
양손에 아이들의 손을 잡고 강변 진흙길을 붉게 걷고
있다
열대의 저녁놀도 붉게 따라서 걷고 있다

채식菜食이 답이야

마음속에 수성獸性이 가득한 거야

성탄절 부근, 눈 내릴 기미가 없었다
별빛보다 어둡게 침묵하는 가슴들

맨몸들

대진고사거리 정지선에서 살랑거리다가
문득 멈춘 검정색 비닐봉지
차들이 사정없이 치받으며 질주한다

신호등이 바뀌면서
다시 내려앉는 참 부드러운 허리
저 하염없이 캄캄한
무중력의 우물
또는 오후 두 시의 맨몸

        *

모과나무 모과 한 알이 기적적으로
받쳐 든 겨울하늘의
소슬하고 적막한 맨몸

        *

근교近郊의 수리 하나가

아코디언처럼 공중을 접으며 날아오른다
서녘을 따라 찰칵찰칵 길을 내는 노을 몇 뼘
저녁의 조붓한 맨몸

옥상에서

낮결 내 해바라기하던 모과나무가
저녁빛을 숙성하고 있다

퇴근하던 외국인 노동자의 자전거가
〈e리빙텔〉 뒤 공터에 거치대를 세운다

자전거를 버는 등록금, 자전거를 마련하는 젖병과 우
유
부부자전거를 장만하는 가게, 자전거의 떼가
K팝처럼 붐비는 자전거 거치대

러시아 억양으로 스마트폰 통화를 하며
금발의 젊은 여자가 골목으로 접어든다

옥상에 된장을 뜨러 올라온 아내가
국자로 이녁의 머리를 가리키며
"넋을 뺏겼구먼" 오프닝 잽을 날린다
"슬라브계 여자들은 백옥 피부라지, 아마?"
좌우로 스텝을 돌며 스트레이트를 꽂는다

"피부는 우리나라 여자들이 단연 최고지"
일단 가드를 올려보는데
내 대꾸보다 먼저 아내의
발자국 소리가 나무계단을 내려간다
치고 빠지는 아웃복서의 시전

은퇴 2계명, 지나간 것은 지나간 것일 뿐이다
금발이 사라진 골목을 바라보며 혼잣말을 하는데

골목의 외등이 천천히 어둠을 켜고 있었다

역전앞

누구나 역전앞에 가본 적이 있을 거다

철암역 역전앞 왕대포집은 여전히 〈역전앞 왕대포집〉
이다
가게 안이 노란 저녁빛으로 부산하다

역전앞을 서성이는 스산한 이들
선득한 머릿고기 한 점씩 썩둑
썰어주는 역전앞의 우수리
육수를 우리는 가마솥 김처럼 흩어지는 웃음들

누군가 역전앞! 하는 소리에
술국을 뜨다가도, 서빙을 하다가도
바깥에 눈길을 주는 역전앞의 알리바이

장마 끝에 해든 저녁
제초기가 엎질러 논 풀더미 같은
저녁하늘의 푸른 구름 몇 벌

난전과 차일이 야시장의 새 불을 켜는 역전앞
리어카 한 대가 늦은 햇빛을 끌고
역전앞을 지나간다

2월

2월은 미등기된 계절

자정이 지나면서
2월의 별자리들이
강물결 속으로 닻을 내린다

차마 길을 정하지 못한 겨울과
사랑을 잃은 사람들의 노숙

어느 간절한 온기가
창가에 흐린 등불을 켠다

그 겨울

당신의 편지를 읽는 일로
한 계절을 탕진하고 말았네

나 불 꺼진 항구처럼
항구의 거리처럼 어두워지네

느닷없다

북극해의 겨울처럼 황량한 발란다수프*,
야채 건더기 몇 가닥을 바라보며
솔제니친이 맞는 예기바스투즈굴라그*의 흰 아침이

한 해 날수들을 낱낱이 탕진하고
내 몸피가 우두커니 받아 든 잔고증명이

원정에서 승리한 옥타비아누스군대가 로마를 행진할 때
흑인노예가 외쳤던 메멘토모리*의 메아리가

막 도착한 외곽순환 전동차가 택배처럼 부려놓는
발걸음들의 산개散開가

크로마뇽동굴 바깥에서 새벽오줌을 쏟아부었을
호모사피엔스를 생각하는 성북동 골목의 새벽이

한강 둔치의 모래들이 뜬금없이 유실되고
여의도를 견디는 달빛마저 끝내 유실되고 마는

어떤 연말

* 발란다수프: 생선과 야채로 멀겋게 끓인 수용소의 러시안수프
* 예기바스투즈굴라그: 솔제니친이 수용되었던 정치범수용소
* 메멘토모리: 죽음을 기억하라

낮달 1

참나무들이 떠나는 겨울하늘

세상의 모든 따뜻한 귀들이 모여

저렇게 등피鐙皮를 닦고 있다

낮달 2

싸리비가 쓸고 간 하늘,

북한산 한 채 떴다

이마께에 시린 마음 하나

숫돌

늘 한데서 등을 보이고 앉아있다

그믐달빛 아래 제 몸을 탕진한다

누군가 사립문을 밀고 있다

밀양집 이모

달이 떴다
주변 산들이 순해졌다
달을 품으며 허리를 늘이는 함태강
너는 아직 황지역 대합실에 앉아있다

잃을 게 없다는 건, 빚을 탕감받았다는 것
친했던 것들과의 결별은 오래지 않다
어차피 떠날 자들이 떠나는 자들을 배웅하는 승강장
늦은 밤 능선 위로 달이 푸른 두레상을 편다

저 달이 언덕을 넘으면
저탄장의 먼지들이 깨어나는 시간

너는 몽유하는 달
밝은 곳에서 오래 서성이지 마라
박꽃도 달을 외면하는 지금

해골 널 데가 내 집이라예
밀양집 이모의 혼잣말처럼

큰형수

동해병원 장례식장 지등이 가랑비에 젖고 있었다

6.25정전협정 후 우리 식구는 장성탄광
광부사택 6정목 10동 4호에 살았다
1호부터 10호까지가 한일자 한 동을 채웠다
동마다 하나씩 매달린 공동변소가 싸리울 애호박 같았
다

형이 국민학교에 입학하면서 매일 미국원조분유를 타
왔다
입쌀 한 줌에 조며 보리며 섞은 잡곡밥에
얹은 분유 탓이었는지 모른다
나는 내복바람으로 공동변소에 가곤했다
손바닥이 문고리에 쩍쩍 붙는 겨울날 한밤중에도
그때마다 내 변소바라지는 큰형수 몫이었다
짜개바지를 입고 내가 생쥐 풀방구리 드나들듯 마실돌
이 할 때
큰형수는 큰형 제대날짜에 눈빠지는 시집살이 4년차
였다

큰형은 철원 근처 전방에서 근무 중이었다

대림*요, 퍼뜩 좀 보이소, 바라지하다 귀때기 떨어지
겠소
행수요, 궁디 내논 사람하고 몸빼 입고
털쉐타 입은 사람하고 누가 더 추워요?
우리 막내대림 말 하나는 반짝반짝 차단지라니까
큰형수가 막내도련을 앞세우고 돌아오는 골목길은
달무리가 잇바디를 환하게 드러냈다

문득 큰형수가 국화꽃 흐벅진 병풍을 활짝! 열어젖힐
것 같다

쪼매만 기다리소 대림 좋아하는
메밀전 이까회덮밥 퍼뜩 해 올릴게요

* 대림: 도련님의 경북지방 사투리

외할머니

마실갔다 송진불 밝혀 집으로 오는 길
밤 속에서 푸른 불이 따라오고 있었다

그때만 해도 칡범은 대궐에 나타날 만큼 흔했다

송진불빛 아래 댕기머리 살랑대며
새치름 걸음을 옮기는 열두 살 난 계집
칡범 한 마리가 외할머니를 대문 옆
오동나무 샘까지 데리고 왔단다

상추텃밭을 넘보는 달구새끼들을 쫓으려
탁탁 곰방대로 대청마루를 두드리던
백통비녀 길게 꽂고
달무리처럼 쪽진 외할머니가

오늘은 어머니 기일
도래반상 머리에 나란히 앉으셨다

어떤 날

나는 지구의 한 구석에 서서
달의 반대편 그늘에 있는 당신을 생각한다

외길로 나가서 외길로 돌아오는 사람이 있고
외길로 나서서 노을이 된 사람도 있다

설렁탕그릇 부시듯 또 하루가 갔다

갱죽

저녁이 깊어지니 노을도 따라서 깊어진다
누가 분홍에 먹물을 흘렸나
갱죽 같은 노을, 노을 같은 갱죽
아파트 동 몇 개가 잠기고 있다

끼닛거리가 어정쩡한 날이면
엄마는 갱죽을 끓이곤 했다
김치를 숭덩숭덩 썰어 솥에 넣는다
찬밥 몇 술과 안반국수 몇 움큼에
콩나물무침 같은 나머지 나물반찬까지
다 쓸어 담아 끓이는 게 레시피다

두레반상에 둘러앉아 갱죽을 먹는 날
마당 가득 내려서는 노을 속으로
땀방울 송송한 이마들이 시원하고 개운했다

고한역

저탄장의 백열등 불빛들이 눈보라 속에서 낮게 엎드린 광부사택을 희끗희끗 지키고 있다

신작로를 따라 석탄가루를 날리는 바람소리와 수항에서 갱도의 물을 퍼올리는 펌프소리가 끊어졌다 이어지곤 했다 교대근무를 서는 것 같았다

소년은 아버지를 기다리며 사택창문을 한 뼘쯤 열어두었다 그의 마음 한켠이 고한 역사를 내려다보는 12월 하늘처럼 춥다

고한 골짜기를 떠나는 바람과 돌아오는 바람이 밤 내 들고나는 탄광촌의 밤

버력빛 구름들이 함백산 정상 위로 다시 몰린다

석탄빛 꿈

10톤 볼보트럭이 달려간 신작로 길섶에
석탄먼지 뒤집어쓴 질경이풀들이 일어선다

눈보라 그친 뒤
저탄장 슬레이트지붕과 흐린 허공을 가로지르는
검은 참새 떼의 부유

오늘은 대한석탄공사 간조날
노무과 사무실 앞에 인감도장 든 표정들이 긴 줄 선다

내 아버지의 평생소원은
당신 땅에 당신 손으로 씨앗 넣는 일

명년 봄에 친목계 두 모가치 타고
내내후년 섣달쯤 논 서너 마지기 땅문서 들고
귀향하는 석탄빛 꿈

빗소리

기슭부터 개울물 다듬질하는 소리

모과잎새에 모과알을 숨긴 모과나무가 젖는 소리

누가 뒤안에서 맨발로 잔디를 밟는 소리

청량리역

태백산맥 동쪽 기슭에서 태어난 우리는
청량리행 보통급행 밤기차를 자주 탔다

청량리역은 불빛 아래 낮게
엎드린 국밥집처럼 우리를 맞았다
흰 눈발 속에서 찬 소주 몇 잔과
가자미찌개로 함께하는
젖은 눈발 속의 전별餞別

청량리역 광장에 눈이 내린다
오뎅국물 끓던 가스등 불빛들 다 어디 갔을까
전농동 유곽遊廓을 낀 골목들이
흐린 눈송이로 젖는 밤

광장의 눈발들이 청량리역사 쪽으로 기울고
방금 도착한 밤열차에서 내린 승객들이
저렇게 눈발들처럼 붐비며 자욱하다

우리는 꿈을 품은 어느 겨울

청량리역에 내렸고
꿈을 버렸던 어느 새벽
밤기차로 청량리역을 떠났다

남대문근로복지관

서울시 5급공무원 노릇을 하며 야간대학을 다니던 친구가 있었다 그의 근무지는 서울역 맞은편 남산으로 올라가는 길목의 남대문근로복지관이었다

백수였던 나는 종로나 서울역 부근에서 그와 술 한잔할 때면 복지관 신세를 지곤 했다 그때는 통금이 있었던 탓이었다 잠자리와 아침밥 한 끼를 해결할 수 있어 늦은 시간까지 술을 마시기에 아주 딱이었다

그날도 복지관에서 아침을 먹고 우리는 운동을 겸해서 남산을 올랐다 남산의 광장 또는 계단 근처 이곳저곳에서 그를 보고 쫓아와 인사하는 사람들이 적지 않았다 "계장님 오셨습니까?"하고 꾸뻑꾸뻑 인사를 했다 "저 친구들 뭐하는 사람들이야?"하고 그에게 물었다 "구두닦이, 야바위꾼, 엑스트라, 사주쟁이, 행상, 각양각색이지 조금 전 인사하고 간 사람은 사진사인데 점잖고 쟤네들 사이에선 카리스마도 주먹도 있고 해서 내무반장을 맡겼지" 그가 말했다 우리가 운동을 마치고 내려갈 때쯤 어느 틈에 나타난 사진사가 "저녁점호 때 뵙겠습니다"하

고 허리를 굽혔다

　산을 내려와 동네로 접어들었을 때쯤 "여기가 양동이
야" 친구가 말했다 앳된 소녀들 몇몇이 골목어귀에서 허
공으로 담배연기를 팔매질하고 있었다

담판

정전협정 후에도 전방지역에서는 남북 간의 불안한 대치가 여전했다 피란길에서 돌아온 우리 마을에도 공습훈련 사이렌이 울리면 아낙들은 아이들을 데리고 뒷산의 방공호로 급히 대피하는 일이 잦았다 그때마다 어머니는 어린 나를 당신의 치마폭으로 감싸안으시곤 했다

어느 아침 아버지가 일찍부터 조반상을 채근하시더니 엄마한테 내게 금단추가 달린 외출복을 입히라고 하셨다 그 옷은 전방에서 간호장교로 근무하던 막내이모가 휴가 때 선물로 사다 준 것이었다 우리 집은 피란지였던 경북 내성에서 남보다 많이 늦어 돌아왔다 그 탓인지 서당에서 한문공부를 마친 둘째형은 국민학교에 3학년으로 입학했다 형은 또래들보다 학령이 한 살 늦어졌다 나도 천자문을 뗀 참이었지만 입학 시기를 놓치는 바람에 입학이 나이보다 늦어질 수밖에 없었다

중절모에 흰 모시두루마기 차림의 아버지가 "가자"하고 내 손을 잡고 휘적휘적 걸으셨다 학교 직원은 아버지의 풍모 때문이었는지 우리를 먼저 교감실로 안내했다

"이 아이는 집에서 제 형들한테 5,6학년 수준의 학업을 했으니 5학년 반에 편입해 주시오"하고 아버지는 단도직입적으로 말씀하셨다 교감선생님은 무척 당황해하면서 "어르신, 학령은 1학년부터 시작해야합니다"라고 난처한 듯 말씀을 받았다 아버지는 그럼 당장 시험을 치러보고 결정하자고 하시면서 5학년 국어와 산수 교과서를 가져오라고 언성을 높이셨다 나는 5학년 국어책을 유창하게 읽었을 뿐만 아니라, 5학년 산수책의 곱셈 나눗셈 문제까지 어렵지 않게 풀었다 교감선생님은 2학년까지는 어찌해보겠다 하면서 입학신청서의 내 이름 옆에 'ㄴ'를 쓰셨다 아버지는 불현듯 내 손을 덥썩! 잡으시더니, "애야, 가자"하고 모자를 쓰며 일어나셨다 난감한 표정으로 아버지를 바라보던 교감선생님은 결국 펜을 들어 'ㄴ'자 사이에 한 획을 더 그어 넣었다 나는 아버지 덕분에 학령을 놓치지 않고, 내 또래들과 함께 국민학교를 다닐 수 있게 되었다

　교문까지 이어지는 개나리의 햇노랗게 환한 얼굴들 사이를 아버지와 난 손을 잡고 걸었다

해설

떠나가는 자들의 새벽, 혹은 그리움의 아득한 질량

오 태 환(시인)

강영오 시인의 시집 『가로수다방』은 2017년 여름 『포엠포엠』으로 데뷔한 지 7년 만에 상재하는 첫 책이다. 그는 강원도 장성의 탄광마을에서 출생하였다. 그는 질곡과 궁핍으로 이어진 1960년대와 70년대의 소위 개발독재 시대를 겪으며, 도시화와 산업화로 정의되는 모국의 현대사를 가장 예민한 지점에서 견인한 세대다. 그는 학창시절의 꿈을 뒤로 한 채, 삶의 적잖은 부분을 실물경제의 제단에 헌신하였다. 그러므로 비교적 늦은 나이에 펼쳐내는 이 시집은 청년 강영오의 문학적 열망의 수십 년을 격한 현현顯現이라는 의미에 더해, 시대사의 통점을 견뎌온 모국의 수많은 김지이지들의 생생한 비망록일 수 있다.

이 시집에 수록된 시편의 상당수는 시인이 젊은 시절

겪어야 했던 방황과 좌절, 그리고 가계를 대부분 탄광에 의존할 수밖에 없는 고향의 살풍경, 그 시기를 더불어 헤쳐 나간 벗과 주변인과 가족의 피로하면서 따사로운 초상들로 채워져 있다.

젊은 시절 강영오에게 고향은 청년기를 저당 잡은 불법대부업체처럼 언젠가는 벗어나야 할 영어圄圍의 공간과 다르지 않다. 6.25 이후 변변한 생산수단도 없이 가루우유나 옥수수빵 같은 미군의 구호물자에 의지했던 당시기의 피폐한 정황에 비추면, 산간오지 탄광마을의 현실 속에서 그것은 그다지 드문 일도 특별한 일도 아니겠다.

> 비가 그쳤다 살얼음처럼 시린 연화산의 이마
> 낮별들이 지등紙燈처럼 떨고
> 구름은 낮은 쪽부터 무너지기 시작했다
>
> 황지천변, 미국자리공은 소리죽여
> 어차피 당도하지 않을 바람을 기다리고
> 광궤열차는 늘 그렇듯이
> 꿈꾸지 않는 자의 남녘을 향하고 있었다
> ──「황지, 그 해」, 부분
>
> 간스메깡통 같은 찌그러진 골목들이
> 저녁불빛 속에 구르고 있었다
> 전국에 원적을 둔 그들은

자정이 되어서야 적막해졌다
백열등 불빛 속의 담배연기와
흐리게 허공을 짚는 취객들의 그림자
혹은 엎질러진 양은주전자들의 폐허
——「달을 등진 채 떠났다」, 부분

저녁하늘은 오롯이 내장을 드러내며
폐결핵의 가난한 통점을 견딜 뿐
——「저녁하늘, 양양」, 부분

「황지, 그 해」는 화자의 고향, 또는 당시 그의 젊음이 배회했던 지역의 풍경 묘사를 통해 자신의 내면을 우회해서 점묘한다. "시린" "떨고" "무너지기"와 같은 서술어가 함의하는 정서는 화자가 현실에 대응하는 암울한 자세를 반영한다. "미국자리공"은 화자의 분신이다. 그는 자신의 고향임에도 불구하고 외래식물처럼 착생하지 못하고 겉돌 수밖에 없다. "당도하지 않을 바람" "꿈꾸지 않는 자"는 희망을 유기한 것들의 현실에 대한 고통스런 자각을 지시한다.

그가 불가능해 보이기 때문에 더욱 떠남을 도모할 수밖에 없는 정황을 구체적으로 보여주는 것이 「달을 등진 채 떠났다」이다. 탄광마을의 저녁 술집은 나라의 각지에서 부초처럼 떠밀려온 탄광노동자들로 북적인다. 갱 내부의 뜨거운 지열과 채탄의 소음과 언제 무너질지 알 수 없는 캄캄한 막장 속에서 헬멧에 램프를 달고 석탄가루를 뒤집어 쓴 채, 하루분의 노동을 마친 그들을 위로하는 유일한 수단이 술이다. 그러나 술은 "흐리게 허공을 짚는 취객"이 시사하는 것처럼 그저 무심하게 공회전하는 일상과 마비된 현실감각을 의미할 뿐이다. 그래서 그들이 떠난 자리는 "엎질러진 양은주전자들의 폐허"로 남을 수밖에 없다.

「저녁하늘, 양양」에서 현실은 알레고리의 틀 안에 숨겨져 있다. 화자는 "난바다 물소리"를 들으며 쇠기러기떼가 비행하는 양양의 저녁하늘을 바라보고 있다. 하늘은 "옹기빛" 노을로 물이 든다. 그는 노을에 검붉게 젖은 구름들을 보며 폐결핵의 환상과 통증을 경험한다. 노을에 젖은 채 저녁하늘을 덮고 있는 검붉은 구름장과 "폐결핵의 가난한 통점"이 비유관계 안에 놓인다는 점은 두말할 나위 없다. 이 은유의 얼개를 경유해서 화자의 비극적 자의식은 심미적 지점까지 보폭을 확장한다.

이외에 고향을 인식하는 화자의 태도를 암시하는 구문은 시집의 도처에서 발견된다. "난전 귀에 쉰 가을나물 같은 할머니들"(「덕천리, 가을」), "건물더미에 뚫린 검은 창문들이 저탄장 구석의 버력처럼 쓸쓸하다"(「풍경」), "문곡의 3월은 땅도 더디 풀렸다/ 잔설 곁으로 스며드는 볕뉘 같은 사람들"(「문곡역」), "저 달이 언덕을 넘으면/ 저탄장의 먼지들이 깨어나는 시간"(「밀양집 이모」), "버력빛 구름들이 함백산 정상 위로 다시 몰린다"(「고한역」) 등 거의 한결같이 겨울이 유난히 길고 추운 강원도 탄광마을의 척박한 광경을 노출한다. 여기에서 "쉰 가을나물 같은 할머니들"이나 "잔설 곁으로 스며드는 볕뉘 같은 사람들"에 나타나는 인물군은 독립된 개성으로 작용하지 않는다. 그들의 익명성은 시 안에서 사물화 과정을 거치면서, 그들을 길가의 돌멩이나 바람벽과 다름없이 고향의 곤비困憊한 풍경을 구성하는 무기질의 소재가 되도록 유인한다. 이는 고향의 비정한 현실을 더 적극적으로 환기한다.

　하지만 고향의 벗과 주변인, 그리고 가족에 대한 화자의 태도와 그들에 얽힌 서사는 고향을 마주하는 인식과는 사뭇 다른 온도를 보인다. 화자와 마찬가지로 그들은 당시대의 궁핍한 고향을 지키는, 아니 지킬 수밖에 없는 선남선녀. 또 의식하든 그렇지 않든 역사와 정치의 풍향에 온전히 노출된 채 살아야 한다는 점에서 민중의 낯빛을 띠게 된다. 전혀 다르지 않은 처지의 화자가 그들에게 동병상련의 정서를 느끼는 모습은 필연적일 수밖에 없다.

　　　선산부 정태는 벌써 홍건해진 채 함태광업소장이 되면
　　　직속상사인 채탄반장부터 목을 친댔다
　　　해병대 지원한 펌프공 갑출이는 퀴논항에서 귀국할 때
　　　워커군화를 시퍼런 달러로 채워 온댔다
　　　나는 이가 빠지고 모가 나간 두레상을 두들기며

그들의 희망광시곡에 장단을 맞췄다

1년 후, 갑출이의 전사통지가 날아든 봄날
휴가를 나온 나는 〈최군집〉을 찾았다
우리는 코가 삐뚤어지게 취해서 그때처럼
희망광시곡을 메들리로 불러제꼈다
결석한 갑출이의 희망광시곡을 곰곰이 생각하는데
달빛을 받은 〈최군집〉 앞 개나리꽃은
노란 잇바디를 드러낸 채 딴전만 부리고 있었다

                    —「70년대를 위하여」, 부분

   이 시는 입영영장을 받은 화자가 고향인 문곡의 주점 〈최군집〉에서 친구들과 벌이는 송별연과, 1년이 지난 후 같은 장소에서 그들과 해후하여 벌이는 술판의 에피소드를 담는다. 문면에 노출되었든 그렇지 않든, 그들은 다른 먹거리산업은 존재하기 어려운 탄광마을의 청춘들로 대개 석탄을 채굴하는 광부의 고단한 삶을 영위하는 것으로 보인다.

   "흥건"히 주기가 오른 "선산부 정태"는 광업소장으로 승진해서 자신을 괴롭히는 "직속상사인 채탄반장"에 대한 유쾌한 보복을 다짐한다. "펌프공 갑출이"는 해병대에 자원입대해서 월남전에 참전하려 한다. 그의 목적은 당연히 이념이나 명분이 아니라 "시퍼런 달러"에 있다. 그러나 화자를 포함한 그들이 "두레상을 두들기며" "불러제"끼는 "희망광시곡"은 불행히도, 각각의 호기 어린 욕망에 대한 진정성 있는 응원으로 읽히지 않는다. 되레 현실의 벽을 자각한 이들의 불길한 예감과 자학적 절망의 포즈에 훨씬 가까워 보인다. 이는 자신의 바람대로 월남에 파병되었던 "펌프공 갑출이"의 전사통지서를 받으면서 현실화된다.

그들의 호언뿐 아니라 "읍내 〈강릉관〉"을 인수해 그들의 1년치 외상을 탕감한다는, "광대뼈가 불거지고 턱이 사각져서" "최 군"이라 놀림을 받던 〈최군집〉 여주인의 욕망도 처음부터 불가능한 것이라는 점을 스스로 인식했을 가능성이 크다. 이러한 추정은 "희망광시곡"을 "메들리로" 부르는 그들의 모습에 젖어드는 비극성을 한층 가중시킨다.

"〈최군집〉 앞 개나리꽃"은 화자의 시야 속에 "노란 잇바디를 드러낸 채 딴전만 부리"며 피어 있다. 결미의 이 장면은 민초들의 삶이 어쨌든, 그와 무관하게 흘러가는 역사적 현실의 비정함을 반향하는 것으로 이해할 수 있다.

> 문곡삼거리 밀양옥에서 경월소주를 따르던 순금이
> 술이 꽤 돼 귓불까지 발갛게 등燈을 달 때면
> 도래상 머리를 부여안고 앙가슴을 쳤다
>   (중략)
> 문곡역전 리어카꾼 진수는

승객들이 대합실을 나설 때마다 신이 났다
아무 때나 벙글벙글 목련꽃같이 웃어쌓던 진수에게
동네어른일랑 모조리 에미고 애비였다

함태천 기슭을 따라 하현달 설핏 숨는 봄밤
나는 삼동여객 막버스를 놓치고 신작로 삼십릿길을 걸었
다
그날 백산교 난간 곁에
순금이가 혼자 서 있었다
다리 아래의 흐린 물소리처럼 서 있었다

군대를 제대하고 문곡역에 내리던 날
리어카꾼 진수는 나를 보곤
다짜고짜 양지말 자기 집으로 끌고 갔다
탁주사발에다 시금치나물이며 삼겹살까지 갖춘
도래상을 들고 살금살금 문을 여는 순금이의
퍼머머리와 연보라 티셔츠가 눈부셨다
— 「순금이」 부분

이 시는 화자의 시점에서 '순금이'와 '진수'라는 인물에 얽힌 이야기를 다룬다. 마을의 〈밀양옥〉이라는 주점에서 작부로 있던 '순금이'는 술에 취하면 넋두리를 일삼던, 내막은 알 수 없지만 사연 많고 한 많은 생애를 살아왔다. 화자는 필경 입대하기 직전 "백산교 난간 곁"에 홀로 서 있는 그녀를 우연히 발견한다. 이후 그의 기억 속에 개천의 "흐린 물소리처럼 서 있"었을 그녀의 잔상은, 그에게 아직 다가오지 않은 비극의 예감을 불러일으켰을지 모른다.

그러나 비극의 예감은 화자가 전역하는 날, "리어카꾼 진수"와 문곡역에서 만나면서 극적으로 해소된다. 그는 '목련꽃 같은 웃음'이 헤픈 '진수'의 집에서 뜻밖에 '순금이'를 마주친다. "도래상을 들고 살금살금 문을 여는" 그녀의 "눈부"신 "퍼머머리와 연보라 티셔츠"가 과거의 "흐린 물소리처럼 서 있"는 그녀의 잔상과 온전히 교체되면서, 선남선녀의 드라마는 해피엔드를 향한다. 한 서린 삶을 살아온 '순금이'와 거칠지만 순박하고 낙천적으로 보이는 '진수'의 혼인은, 전에도 그래왔고 앞으로도 이어질 민초들의 평범하고 당연한 일상의 풍경일 수밖에 없다. 그럼에도 불구하고 그들의 에피소드가 평범치 않은 긴장을 조성하는 것은 화자가 겪는 시대사의 간섭과 무관치 않을 터다.

그들 외에 "감자탕 중자 하나에 경월소주를 시켜 놓고" 너스레를 떠는 '미스 박'(「가로수 다방」)이나, 한 시절 화자가 "꺼병이 행색"으로 기숙했던 광부사택의 '병종이네 형님'(「병종이네 형님」), 배냇저고리를 "장롱 가장 깊은 곳에 부장"한 채 광차를 타는, "흰 눈자위와 흰 이빨만/ 싸락눈보다 시리게 번쩍"이는 '선산부 김 씨'(「선산부 김 씨」), "해골 널 데가 내 집이라예", 혼잣말로 하소연하는 '밀양집 이모'(「밀양집 이모」) 등은 모두 고향인 탄광촌에서 당시대를 고단하게 헤쳐 나가는 민초의 전형이다.

「담판」은 "중절모에 흰 모시두루마기 차림"을 한 화자의 아버지에 관한 에피소드다. 그는 전쟁 직후 그의 초등학교 입학문제로 교감과 기싸움을 벌이면서, 결국 의도하는 걸 이루는 만만찮은 기세의 캐릭터다. 시간이 흘러, 「두문동재」의 그는 여느 탄광촌의 가장들처럼 "캡불"을 쓰고 "톱 도끼"와 "양은도시락"을 "철컥거"리며, 갱 안으로 들어가는 흔한 광부로 등장한다. 어느 날 업계의 직업병이랄 수 있는 진폐증을 앓았을 그의 "기침소리"가 끊기고 만다. 그리고 화자의 어머니는 탄광촌의 다른 아낙들처럼 선탄장의 "형광등불빛 환한 컨베이어벨트 앞에서/ 석탄과 버력, 동발 부스러기들을 고르"며, 홀로 자식들을 책임지는 생계의 현장에 뛰어들게 된다. 「두문동재」에 나타난 아버지와 어머니의 모습은 실체적 개성이 아니라, 그 공간에서 그 시대를 살았던 뭇 아버지들과 어머니들의 보편적인 삶의 궤적을 위해 봉사하는 것으로 이해할 수 있겠다. 「갱죽」에 이르러 화자의 어머니는 끼니가 마땅치 않을 때, "김치를 숭덩숭덩 썰어" "찬밥 몇 술과 안반국수 몇 움큼에 콩나물무침" 따위를 담아 끓인 갱죽으로 아직 어린 식솔들을 부양한다. "갱죽 같은 노을, 노을 같은 갱죽"은 저녁 무렵의 허기를 배경으로 고단한 일상을 공감각적 미학의 영역으로 안내한다.

화자의 가족사에는 '아버지'와 '어머니' 외에 '외할머니' '큰형수' 등이 보이기도 한다. 그 가운데 화자와 '큰형수'

사이에 벌어지는 에피소드는 순하고 소박하면서 매력적
이다.

　　동해병원 장례식장 지등이 가랑비에 젖고 있었다

　　6.25정전협정 후 우리 식구는 장성탄광
　　광부사택 6정목 10동 4호에 살았다
　　1호부터 10호까지가 한일자 한 동을 채웠다
　　동마다 하나씩 매달린 공동변소가 싸리울 애호박 같았다

　　형이 국민학교에 입학하면서 매일 미국원조분유를 타왔
다
　　입쌀 한 줌에 조며 보리며 섞은 잡곡밥에
　　얹은 분유 탓이었는지 모른다
　　나는 내복바람으로 공동변소에 가곤 했다
　　손바닥이 문고리에 쩍쩍 붙는 겨울날 한밤중에도
　　그때마다 내 변소바라지는 큰형수 몫이었다
　　짜개바지를 입고 내가 생쥐 풀방구리 드나들듯 마실돌이
할 때
　　큰형수는 큰형 제대날짜에 눈 빠지는 시집살이 4년차였
다
　　큰형은 철원 근처 전방에서 근무중이었다

　　대림*요, 퍼뜩 좀 보이소, 바라지하다 귀때기 떨어지겠
소

행수요, 궁디 내논 사람하고 몸빼 입고
털쉐타 입은 사람하고 누가 더 추워요?
우리 막내대림 말 하나는 반짝반짝 차단지라니까
큰형수가 막내도련을 앞세우고 돌아오는 골목길은
달무리가 잇바디를 환하게 드러냈다

문득 큰형수가 국화꽃 흐벅진 병풍을 활짝 열어젖힐 것
같다

쪼매만 기다리소 대림 좋아하는
메밀전 이까회덮밥 퍼뜩 해 올릴게요
* 도련님의 경북지방 사투리

—「큰형수」, 전문

가랑비가 내리는 날, '큰형수'의 장례식장에 참석한 화
자는 수십 년이 지난 유년기의 기억을 더듬는다. 그가
당시 살았던 곳은 공동변소를 이용해야 했던 장성탄광
광부사택이었다. 아직 아랫도리를 훤히 드러낸 "짜개바
지" 차림의 어린 화자는 한겨울 한밤중에도 자주 공동변
소를 들락거렸는데, 매번 "변소바라지"를 해 준 이가 '큰
형수'였다. 이 시는 그 무렵 화자와 '큰형수' 사이의 대화
를 모티프로 한다.
여기에서 인상 깊은 것은 어린 화자의 당돌한 반문보
다, 그것을 대견해하는 그녀의 능청스러우면서 애정 어
린 반응이다. "우리 막내대림 말 하나는 반짝반짝 차단

지라니까" "반짝반짝 차단지"의 비유는 '가지가 부러지게 달이 밝다'와 매한가지로 초동급부樵童汲婦의 날것 그대로인 비유라 할 수 있다. 민초의 비유는 때로 내로라하는 전문 문필가의 그것보다 더 웅숭깊은 박진감을 선보이기도 한다. 교묘하지도 세련되지도 않은, 범상하기 그지없는 이 비유는 그 명징한 실례가 될 수 있다. "반짝반짝 차단지"는 "우리 막내대림"이라는 토박이말과 간섭하면서, 뜻밖에 기운생동氣韻生動하는 모국어의 질박하면서 원형적인 매력을 경험하게 한다.

이 작품의 '큰형수'는 당시대의 풍속과 인정을 적극적으로 반영한다. 대가족 사이에서 살뜰히 시집살이를 겪고 있었을 그녀의 모습은, "짜개바지"의 어린 시절 화자에게 어머니의 그것과 진배없다. 시의 문면에 드러난 유머와 위트 안에는, 이제 영정으로밖에 만날 수 없는 그녀에 대한 화자의 그리움이 짙게 투영되어 있을 터다. 그녀에 대한 간절한 그리움은 사소할 수 있는 유머와 위트에 아득한 깊이와 진정성을 더한다. 여기에 어깨의 힘을 빼고 별다른 수사나 기교 없이 에피소드에 접근하는 문법은 시 읽는 즐거움을 끌어올린다.

> 나는 대명광업소 수갱竪坑 펌프공으로 취직했다
> 황지역 신호대의 붉은 불빛 속에
> 입환하는 석탄수송열차의 파열음을 들으며
> 을반근무에서 돌아오곤 했다

어금니를 악문 쇳소리들로 등골이 시려오는 밤
수갱에서 물을 퍼 올리며 나의 성년은 시작됐다

황지천 검은 물결 위에서
소스라치는 달빛을 베고 누워
나는 꿈도 없이 잠들곤 했다

결코 풀리지 않을 듯싶은 미제사건처럼
어느 희붐한 새벽
나는 달을 등진 채 떠났다
　　　　　　　　　　　—「나는 달을 등진 채 떠났다」, 부분

　화자는 그와 연이 닿는 대다수의 인물군이 그랬듯이
청춘을 탄부로 소비한다. 그가 겪어야 하는 것은 "어금
니를 악문 쇳소리들로 등골이 시려오는" 현실이다. 그는
퇴근하고 돌아와 "소스라치는 달빛을 베고 누워" "꿈도
없이 잠"이 드는 일상을 반복한다. 이는 때로 "검은 땅에
서 검은 밥 먹으며/ 시멘트포 장판에 그림자처럼/ 배를
깔고" 누운 모습(「문곡역」)으로, 때로 "버스에 앉아 눈을
감고 속절없이/ 아니 필사적으로 흔"들리는 모습(「덕천
리, 가을」)으로 변주된다. 그리고 "고단한 밤의 간이역"에
서 "젖은 작업복들이 난간을 견디"는 황폐한 장면(「풍경」)
으로 에둘러 표현되기도 한다.
　결국 그는 고향땅을 벗어날 결심을 한다. 그러나 "미

제사건처럼" "달을 등진 채" 떠나는 그의 모습에서 밝고 투명한 미래를 상상하기는 쉽지 않다. 되레 그의 앞에는 모호하고 불길한 어떤 심연이 기다리고 있을 듯싶다. 이는 미지의 공간을 향해 불확실한 길을 떠나는 청년 화자의 예리한 자의식과 불안한 심리를 여과 없이 드러낸다.

지금까지 1960년대에서 70년대를 배경에 둔 화자의 고향, 또는 생활근거지인 강원도 일대의 탄광마을과, 화자의 친구·주변인과 가족을 화소로 하는 시들을 위주로 살폈다. 당시의 궁벽한 현실 속에서 젊은 화자에게 검은 석탄가루와 광차와 진폐증으로 요약되는 고향은 탈출을 꿈꿀 수밖에 없는 질곡의 공간이었다. 그러나 수십 년의 시간이 흘러 상전이 벽해로 바뀐 현재, 화자에게 고향은 동시대에 희로애락을 같이 한 수많은 '갑출이'들과 '순금이'들, 그리고 '큰형수'들처럼 아프기 때문에 더욱 절실하고 아련한 향수의 공간으로 남아 있을 것이다.

『가로수다방』은 이외에 사물의 본질을 감각적인 언어로 탐구하거나, 도시에서의 일상을 코믹하게 스케치하고 있는 작품들을 포함한다. 또 삶의 즐거운 예감을 경쾌한 발성으로 포진하거나, 자연이 빚은 풍경 안에 잠복한 어떤 이치를 인양하려는 노력도 종종 눈에 띤다.

원고를 덮으면서, 수록된 시편 가운데 유독 다시 읽어보고 싶은 것이 「이 겨울에는」이다. 이 시에 경제나 구호나 시대사나 자의식이 틈입해 있을 리 없다. 그것들은 그저 옹색하고 거추장스러울 뿐이다. 여기에서 '당신'과 '나'의 구별은 무의미하다. '당신'은 '나'가 될 수 있고, 언제든지 '나'는 '당신'이 될 수 있다. '당신'과 '나'는 애초부터 없었을 수도 있다. 어쩌면 이 시를 읽는 것은 밤하늘에 자욱이 펼쳐진 별들을 바라보는, 시간도 존재도 증발한 공간을 유영하는 환상을 경험하는 것과 같은 값을 지닐지 모른다.

부치지 못한 숱한 엽서의 어느 단락 같은 처연한 어조의 고백! '당신'과 '나'의 부재 속에 오로지 '당신'과 '나'의 스산한 거리만이 문면에서 무심히, 하염없이 파동 지을 뿐이다. 그 파동에서 느껴지는 쓸쓸한 그리움, 또는 물무늬처럼 번지는 단색조의 칸타타.

　　당신이 나의 근황에 대해서 생각할 때 나는 어느 산록의 마을을 건너거나 어느 항구 뒷골목의 추운 불빛들을 지나고 있을지 모릅니다

　　멀리 있으면 그저 먼 곳인가요 세상이 온통 희고 추운 겨울 속에 머물 때 나는 더 먼 곳을 향하여 걸었습니다 세월이 지나면 나는 이 고단한 여정의 한 끝에서 등피鐙皮를 닦고 심지를 올리며 무심히 그대를 생각할 것입니다

　　이 겨울 새떼가 하늘을 비우고 짐승들이 굴로 향하는 빈 들녘의 끝, 나는 뒤안길 사금파리 위에 떨어지는 달빛 한 조각을 하염없이 바라봅니다

나는 당신의 사소한 일상들을 생각하며 뒷산에서 땔감
한 아름을 해서 집으로 돌아옵니다 그리고 장지문에 희게
몸을 떠는 문풍지를 붙이고, 아무 일 없었던 것처럼 아궁
이에 강솔불을 지필 것입니다

　　　　　　　　　　　　　　　 ―「이 겨울에는」, 전문

황금알 시인선